閱讀123

國家圖書館出版品預行編目資料

黑白神醫大麥町. 1, 流浪狗變神醫 / 林哲璋文 ; cheng cheng圖. -- 第一版. -- 臺北市 : 親子天下股份有限公司, 2023.10
120面 ; 14.8*21公分. -- (閱讀123系列 ; 100)
國語注音
ISBN 978-626-305-576-6(平裝)
863.596　　112013861

閱讀學習單

閱讀123系列 —— 100

黑白神醫大麥町 1
流浪狗變神醫

作者｜林哲璋
繪者｜ cheng cheng

責任編輯｜張佑旭
美術設計｜王薏雯
行銷企劃｜張家綺

天下雜誌群創辦人｜殷允芃
董事長兼執行長｜何琦瑜

媒體暨產品事業群
總經理｜游玉雪
副總經理｜林彥傑
總編輯｜林欣靜
行銷總監｜林育菁
資深主編｜蔡忠琦
版權主任｜何晨瑋、黃微真

出版者｜親子天下股份有限公司
地址｜台北市 104 建國北路一段 96 號 4 樓
電話｜（02）2509-2800　傳真｜（02）2509-2462
網址｜ www.parenting.com.tw
讀者服務專線｜（02）2662-0332　週一～週五：09:00~17:30
傳真｜（02）2662-6048　客服信箱｜ parenting@cw.com.tw
法律顧問｜台英國際商務法律事務所・羅明通律師
製版印刷｜中原造像股份有限公司
總經銷｜大和圖書有限公司　電話：（02）8990-2588

出版日期｜ 2023 年 10 月第一版第一次印行
定價｜ 320 元
書號｜ BKKCD0162P
ISBN ｜ 978-626-305-576-6（平裝）

訂購服務
親子天下 Shopping ｜ shopping.parenting.com.tw
海外・大量訂購｜ parenting@cw.com.tw
書香花園｜台北市建國北路二段 6 巷 11 號　電話（02）2506-1635
劃撥帳號｜ 50331356　親子天下股份有限公司

黑白神醫大麥町 1

流浪狗變神醫

文 林哲瑋　圖 cheng cheng

大麥町醫生
原本住在人類社區，
曾在人類醫院擔任動物醫生。
奶奶，狗狗
醫生來了。
你好！
謝謝你來
陪我。
大麥町醫生
離開人類醫院後，
流浪到森林，
偶然發現了……
你一定很痛，
我來想想辦法。
班馬醫生，
我的斗篷受傷了，
請救救我。
以前曾經看過這種治療法。
滑雪板
菜籃輪子

因此，黑白醫術的鼻祖——雨傘節醫生決定收大麥町為第三代弟子。
我是第二代弟子斑馬醫生。
你可真是個可造之才啊！
用雨傘試試看吧！
用腳踏車頭試試吧！
大麥町醫生拯救了森林裡許多病患，因此有了「黑白神醫大麥町」的稱號，獲得滿滿的成就感，完全不想回到人類社會生活了。
太棒了，我拿到森林行醫證照了。
師兄，恭喜你成為「拼接療法」創始人。
拼接療法

目次

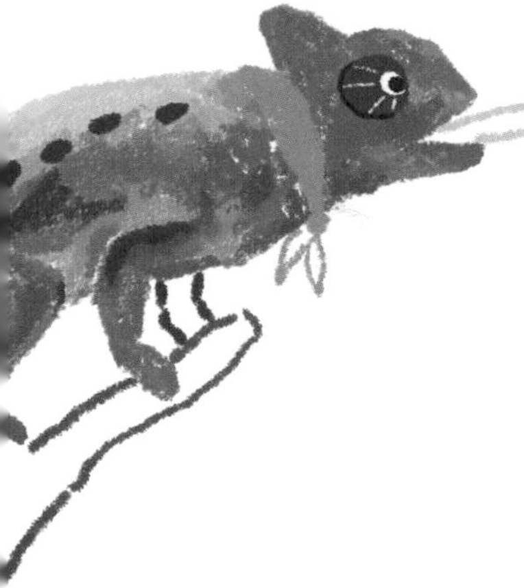

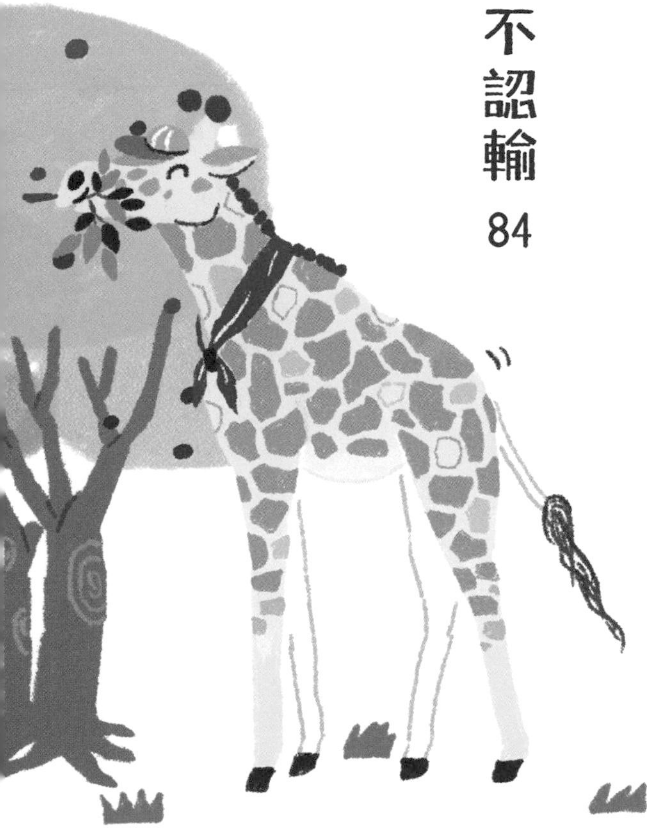

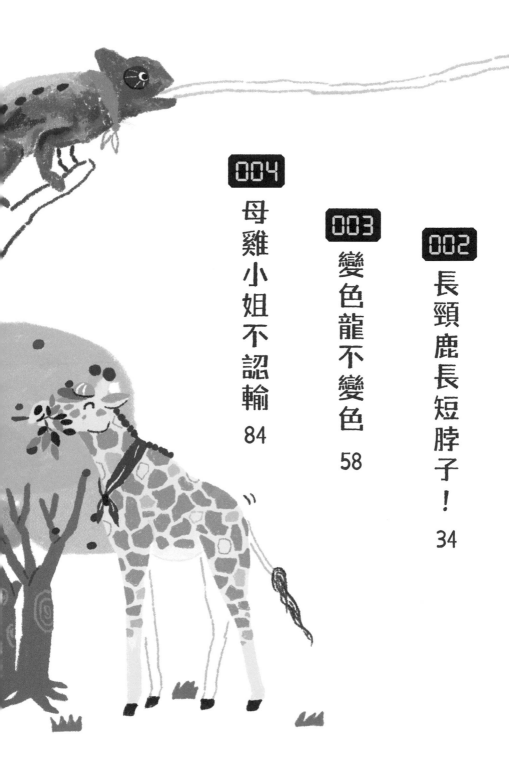

叮咚
001
第一位
公雞先生

公雞先生沒毛病

森林診所裡，大麥町醫生總是能完成病患的請託，治好大家的疾病，無論是生理的還是心理的。

因此，森林裡的動物都幫大麥町醫生宣傳，讓大麥町醫生的診所生意興隆，門庭若市。

大麥町醫生也不負眾望，他總是讓

患者皺著眉頭哭進來，彎著嘴角笑出門。

有一天，公雞先生走進了大麥町醫生的診所，苦著臉說：「醫生，我身為一隻公雞，可是尾巴上的羽毛卻不夠雄糾糾、氣昂昂，害我時常被恥笑，差點被霸凌。我聽說醫生您能治療各種疑難雜症、醫好各式心靈創傷，拜託您幫幫我！」

大麥町醫生聽完，馬上表示這是小菜一碟、小事一件、小病一種：

「我這兒剛好有從人類城市

撿來的雞毛撢子，我可以利用雞毛撢子上的雞毛，幫你植『毛』。反正雞毛撢子的雞毛也是從您同類那兒取來的，我今天就『取之於雞，用之於雞』！」

大麥町醫生請馬來貘護理師把雞毛撢子上最長、最粗的雞毛拔下，裝在公雞先生的尾巴上，讓他看起來跟其他的公雞沒兩樣。

果然，裝上新尾巴的公雞，隔天早上叫得特別有朝氣、格外有精神。

公雞先生食髓知味、見好不收。過了幾天，又來找大麥町醫生。他說：「醫生，您真是妙手神醫，既然您能把我的尾巴治好，那麼可不可以順便把我的雞冠弄得更貴氣一點？」

「可是你的雞冠看起來沒什麼異樣啊！」大麥町醫生不覺得公雞先生需要操這個心。

「好還要更好，帥還要更帥！」公雞先生告訴大麥町醫生他的「雞」生觀、座右銘。

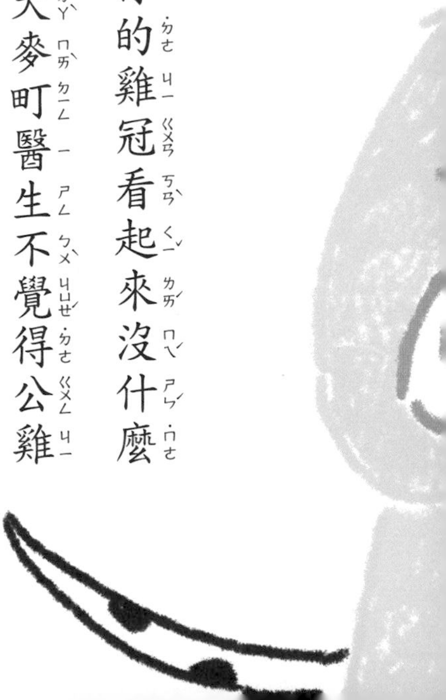

「好吧！」大麥町醫生心地太仁慈，服務太周到：「我這兒沒有雞冠的庫存，但是雞冠草莓倒是有不少……。」

原來，大麥町醫生在診所旁有片空地，空地上種了草莓，草莓的果實有些長成連體嬰、三胞胎或四胞胎，看起來就像雞冠一樣。

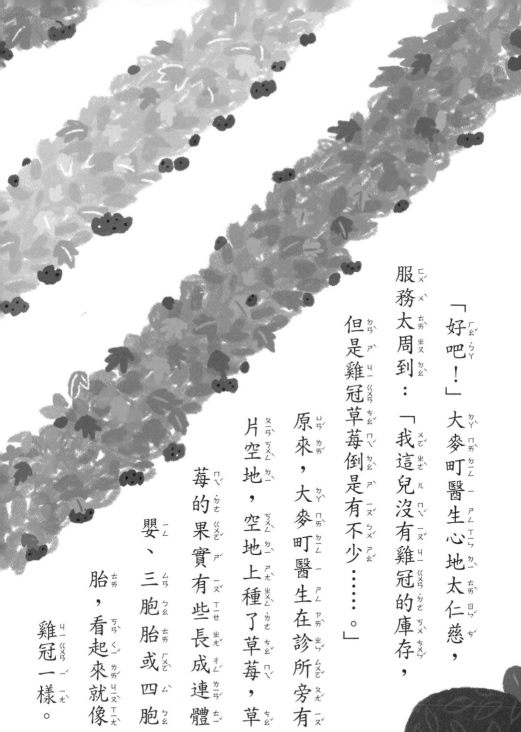

「我送你幾盆『雞冠』草莓，你好好的照顧，結出的草莓就當帽子戴，餓了的時候，也可以把頭頂的雞冠摘下來當水果吃，補充一些維生素……。」

「太棒了！」公雞先生頂著鮮豔欲滴的草莓雞冠，趕回家炫耀。

公雞先生有了雄壯的雞尾巴，又有了美麗的公雞冠，好多母雞都愛上了他。

可是有一天，公雞先生竟然和母雞們辯論起「公雞偉大還是母雞偉大」的議題。

公雞說自己會報時、力氣大，當然就偉大；母雞們卻舉證歷歷：「人類最古老的問題就是：『先有雞，還是先有蛋？』這問題裡的雞肯定不是公雞！因為母雞才會生蛋，母雞如果不生蛋，怎麼會有公雞先生您呢？」

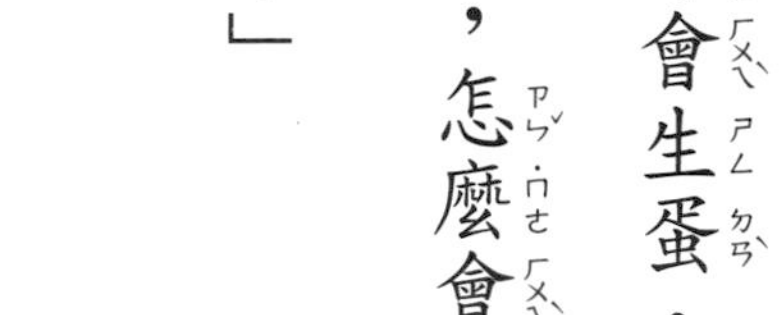

公雞先生辯不過七嘴八舌的母雞，又哭哭啼啼的來找大麥町醫生了。

大麥町醫生搖著頭問：

「公雞先生，你又怎麼了？」

公雞先生說：「我要生蛋！」

「別鬧了！」大麥町醫生翻白眼。

「我不管，您不讓我生蛋，我辯不過那些母雞，那我就不想活了。您不能見死不救！」公雞先生語帶威脅。

大麥町醫生無奈的說：「真的要生蛋？」

「一定要生蛋！」公雞先生斬釘截鐵。

「好吧！」大麥町醫生嘆了一口氣，
往他的醫療器材倉庫走去，
他一邊走，一邊說：
「幸好，前幾天，
我在城市裡撿到了一
臺扭蛋機……。」

病歷表
病患 公雞
傷病名稱 容貌焦慮、愛面子、不服輸
症狀 没毛病、雞冠不夠帥、公雞想生蛋
處方箋 雞毛撢子一支、三胞胎草莓一個、扭蛋機一臺和扭蛋數顆
複診狀況 有了帥氣的外表和生蛋技能加持，公雞從此自信滿滿，走路有風

叮咚
002
下一位
長頸鹿

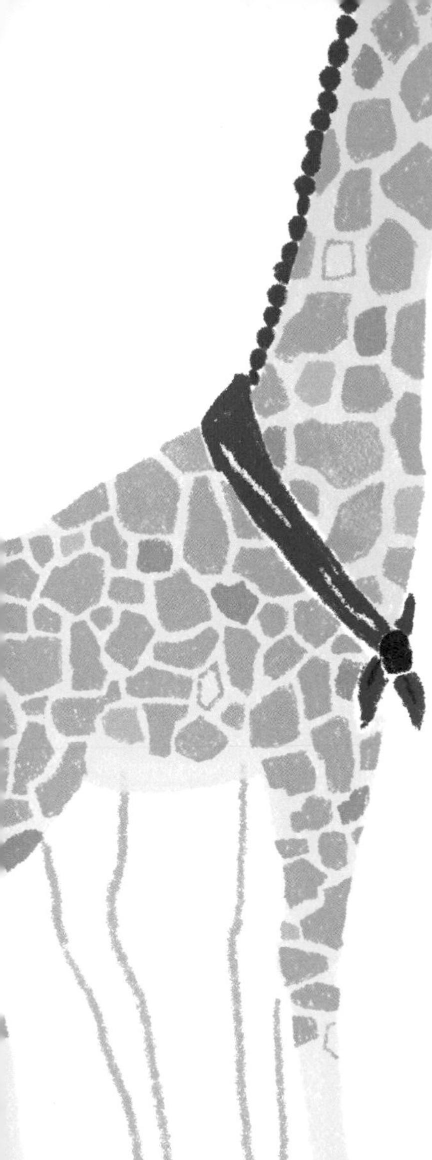

長頸鹿長短脖子！

大麥町醫生醫術好，動物都不遠千里來找他解決疑難雜症。

有一天，長頸鹿上門求診——

「醫生，我希望脖子能短一點，這樣子比較好睡覺；也可以吃到矮一點的樹叢果子。最重要的是：不會有小動物一直來問我上面空氣好不好！」

「脖子？」大麥町醫生心裡犯嘀咕，他問：

「難道你要我幫你把脖子切掉？」

「您怎麼醫，我不管，我只要脖子變短。」

長頸鹿態度堅定。

這有點難倒了大麥町醫生——接尾巴、換皮毛，算不了什麼；但是要切脖子、砍腦袋，那可不是鬧著玩的。

「您不想砸了『黑白神醫』的招牌吧？」長頸鹿使出激將法。

小動物們聽說長頸鹿要求大麥町醫生幫他把長脖子變短，紛紛趕來表示反對。

「長頸鹿想變成短脖子，與你們何干，為什麼要阻止？」大麥町醫生好奇的問。

「事情是這樣的，」小羚羊上前哀求：「每次遠方有危險逼近、獵人出沒，長頸鹿總是第一個通知我們；

假如他的脖子變短了，視野變窄了，遠見不見了，以後我們怎麼辦？」

大麥町醫生聽了覺得有道理。

小動物們表示：長脖子是我們敬重長頸鹿的主要原因，長頸鹿如果切掉長脖子，將來他一定會後悔的！

「怎麼辦？一邊是患者的心願，一邊是大眾的期待，這該如何是好？」大麥町醫生苦惱了好久……。

然而大麥町醫生不愧是黑白神醫，立刻想出好主意；他到資源回收廠找了好多工具，進了手術房，幫長頸鹿換上新脖子。

手術室

手術中，長頸鹿夢見自己脖子變短了，興高采烈跑去找了棵矮果樹吃午飯。

正巧遇到人類皇帝和文武百官出巡。

皇帝看到短脖子長頸鹿，指著他大叫：「奇怪的長頸鹿！」

身旁有個奸臣卻糾正皇帝說：「啟稟陛下，那不是鹿，那是一匹馬。」皇帝不相信，詢問文武百官。想拍奸臣「馬屁」、害怕奸臣權勢的文武百官都十分難為情的說

那是馬。因此，人間誕生了一句成語叫「指鹿為馬」。

長頸鹿一覺醒來，短脖子也成功裝好了。

不久，遠方的候鳥捎來了消息：

「獵人出動了！」

「在哪裡？」長頸鹿想伸長脖子探看，卻什麼都看不到。

「你順時針轉眼球試試。」大麥町醫生提醒長頸鹿。

「轉眼球？」長頸鹿眼球一轉，脖子就一直伸長……。

「怎麼會這樣？」

長頸鹿和小動物都大吃一驚。

「我知道長頸鹿可能會後悔，所以我用排風管取代脖子，再將廢棄消防車上的雲梯拆了下來，裝了上去……長頸鹿如果想要縮短脖子，逆時針轉眼球就行了。」

大麥町醫生沒吹牛，長頸鹿的脖子果真伸縮自如。

長頸鹿不但能吃到矮樹叢的果子，也可以伸長脖子查看敵人行蹤，

繼續當小動物的最佳警衛。

因為長頸鹿示警，小動物才能逃過一劫。

小動物們指著長頸鹿說：「最大功臣就是脖子能屈能伸的長頸鹿！」

「不是的！」長頸鹿不肯接受這項讚美，他把大麥町醫生推出來說：「真正的功臣是神乎其技的黑白神醫——大麥町醫生！」

病歷表
病患
長頸鹿
傷病名稱
脖子太長
生活不便
症狀
睡不好、吃不好、被小動物打擾
處方箋
排風管一根、伸縮雲梯一座、
長頸鹿紋路的假鹿皮一張
複診狀況
能屈能伸，長頸鹿變大丈夫！

叮咚
003
下一位
變色龍

變色龍不變色

大麥町醫生的診所衝進一位病人——一隻全身黑不溜丟的變色龍蜥蜴！

「醫生，請救救我！」

「請問你哪裡不舒服？」大麥町醫生非常專業的看診。

「我是一隻變色龍，可是我變不出其他顏色，我只變得出黑色……。」黑色變色龍苦著臉、流著淚向大麥町醫生訴苦：「同學們都笑我，老師們都瞪我，學校發點心時，班長故意跳過我！就像今天學校點心是我最愛的芝麻糖，數量少了一個，全班竟然一致同意不發給我……。」

點心

見到黑色變色龍哭哭啼啼，哭聲和口水齊飛，眼淚和鼻涕俱下的樣子，大麥町醫生覺得很不忍心，他安慰黑色變色龍說：「『無法變色』這毛病可能要慢慢醫，不過……」

大麥町醫生話還沒說完，黑色變色龍就急著插嘴：「那我的點心怎麼辦？聽說下星期學校的點心是我最喜歡的巧克力、黑糖糕、芝麻糊、墨魚麵……。

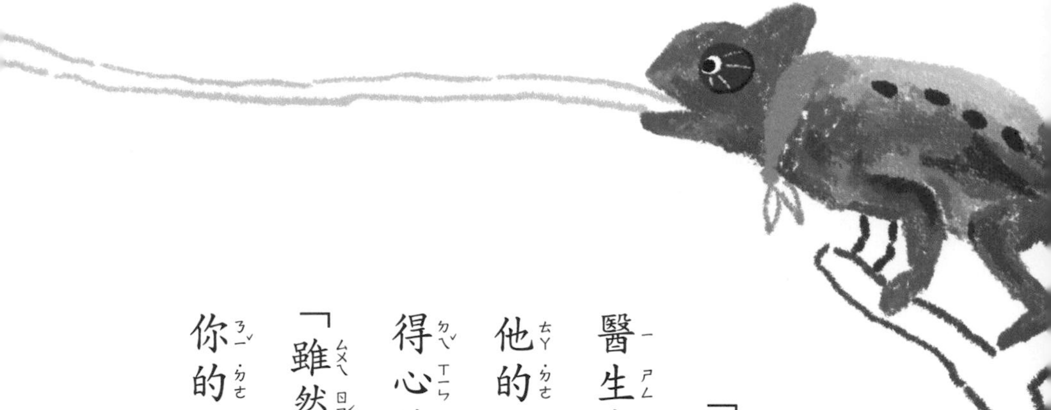

「點心的問題倒好辦！」大麥町醫生拿出他的心理醫師專業，秀出他的心理醫師執照，決定「心病還得心藥醫」！他告訴黑色變色龍：「雖然你的變色能耐略遜一籌，但是你的『十寸』不爛之舌，功能可是

正常得很！」

大麥町醫生靠近黑色變色龍的耳朵旁，仔細分析現在的情勢，輕聲說出自己的妙計。

周末過完，黑色變色龍回到教室，當老師開始發巧克力點心時，同學們又想跳過黑色變色龍。胸有成竹、心有對策的黑色變色龍拿出早已準備好的紙板，大聲抗議：

「你們笑我黑，不發給我點心——

抗議!!

可是巧克力也是黑色的，如果你們歧視黑色，你們才沒資格吃巧克力……全班沒有一個動物比我更有資格吃巧克力！」

黑色變色龍班上的老師和同學聽了，都啞口無言、低頭不語，乖乖的把巧克力分給他。

黑色變色龍變色的功夫學不好，舌上功夫倒沒漏氣！

他最後不但吃到了點心，伸張了正義，還把變色的功夫漸漸練好了。

原來，大麥町醫生發現了病源病根——黑色變色龍因為太挑食，只吃黑色食物、墨色點心，久而久之，膚色變黑，蓋住了其他顏色，當然就只變得出黑色。

大麥町醫生叮嚀黑色變色龍不可以偏食，各色食物都要適當攝取，保持營養均衡，慢慢的，他的變色功夫一步步恢復，他的隱身能力也一天天進步了。

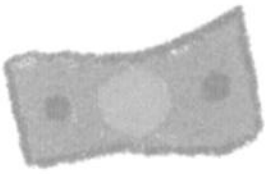

在完全復原之前，大麥町醫生拿出了他的珍藏——一整盒什麼顏色都有的人類化妝品！聽說是一位「錢用不完」的女士在百貨公司週年慶後淘汰掉的舊款。

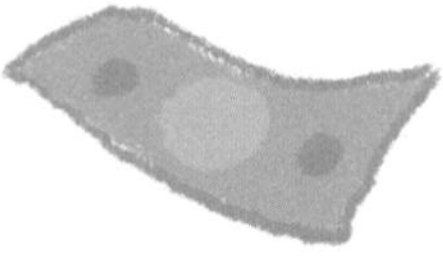

Dog

大麥町醫生用它進行美術教學，教黑色變色龍學習人類把皮膚當畫布，畫出五顏六色的藝術創作，訣竅是擷取大自然的元素，目標是畫出幾可亂真的作品。

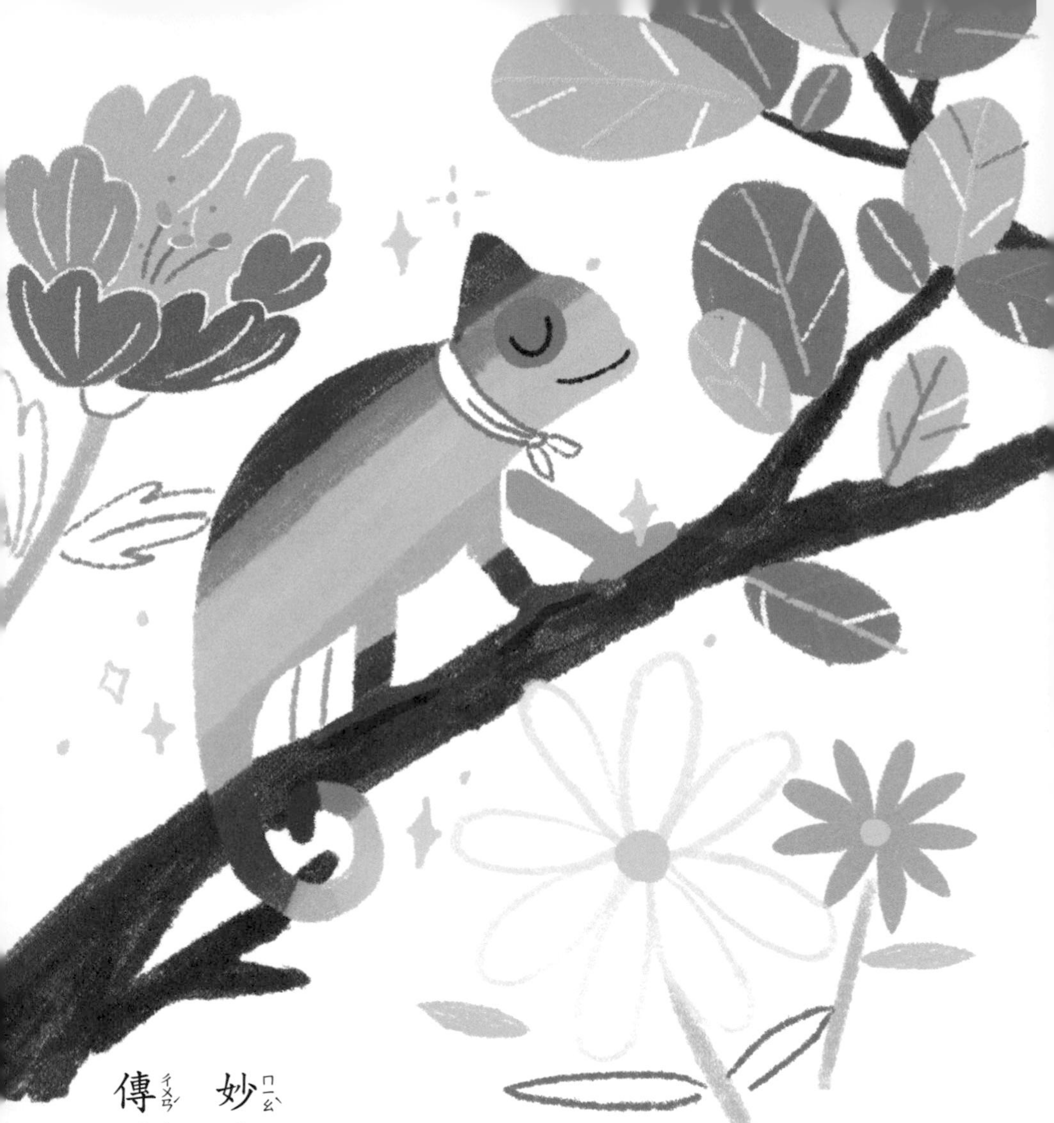

就這樣，黑色變色龍恢復了自信，生命從黑色變回了彩色。

大麥町醫生妙手回春的事蹟傳了出去：他把

黑色變色龍的外形整回了原本該有的模樣！

最近卻有一群森林居民不滿意自己天生的樣子，跑來診所拜託大麥町醫生幫忙——

例如臭鼬鼠女士和虎鯨先生，他們跑來異口同聲說自己的黑白色太「醜」，想換成彩色。大麥町醫生翻白眼，翻到臉都黑了！

病歷表
病患
變色龍
傷病名稱
挑食、
營養素不足
症狀
皮膚太黑、無法變色
處方箋
飲食均衡健康講座十堂、
什麼顏色都有彩妝盒一盤
複診狀況
不挑食，黑白變彩色，開啟新人生

叮咚
004
下一位！啊！不對，
下一群母雞小姐

母雞小姐不認輸

公雞先生請大麥町醫生幫他實現下蛋的夢想，卻害得母雞們不能用「生蛋」這件事向公雞自誇，她們十分惱怒，決定一起來找大麥町醫生算帳。

「大麥町醫生，您不能因為自己是男性，就偏心男生！」母雞們嘰嘰喳喳、嘀嘀咕咕的向他抗議。

大麥町醫生勸母雞們冷靜，他解釋：「醫者父母心，『父母』有父也有母，生的小孩有男也有女，當醫生的怎麼會偏心男生呢！」

「要不然，您也幫我們想想辦法——別讓那隻驕傲的公雞得意忘形、自以為是、目中無人、吹牛臭屁……」

「好！好！好！

我來解決你們的疑難雜症，」大麥町醫生對症下藥、用心治病：「你們希望如何讓公雞對你們服氣？」

「公雞自誇雞冠美、尾巴長，還有美妙的歌喉響又亮……」母雞們七嘴八舌、一五一十的道來：「本來我們還可以笑他『不會生蛋』，

想不到他找你裝了扭蛋屁股，只要扭一扭，就能生出一顆顆的蛋，還是小朋友最喜歡的扭蛋，害我們優勢盡失、臉面全無……

您得幫我們把面子討回來！既然公雞可以請您幫他裝扭蛋，您也得替我們裝上美雞冠、長尾巴，並且幫我們整型整出一副好歌喉！」

大麥町醫生聞言一驚，抓頭一想，回答母雞們說：「雞冠這事好解決，我院子裡就種了許多雞冠花；尾巴這事沒問題，我可以向孔雀家族募捐；只有這響亮歌喉一事，有一點麻煩，不過，我盡量試試看！」

大麥町醫生為母雞們戴上了雞冠花帽，接好了孔雀尾羽，接著去了二手樂器行，買來一堆小喇叭，裝在母雞的喉嚨上。

「請試音！」大麥町醫生對病患們說。

「叭！叭！叭！」母雞們輕輕扯一下喉嚨，大麥町醫生的診所立刻變成管樂隊的演奏舞臺。

母雞們很滿意，高高興興、快快樂樂的回家去了。

隔天，公雞先生正準備叫森林裡的動物起床時，母雞們已經搶先一步，用她們新裝的喇叭吹出起床號，接著演奏「刷

牙洗臉進行曲」。

森林裡的小動物都回想起小時候媽媽叫他們起床的經驗，不敢怠慢，趕緊起床刷牙洗臉上廁所，

準備洗手、吃飯、

更衣、上班去。

母雞們
很滿意，雖然
「生蛋」這件事被
比了下去，可是早上
咕咕咕、叭叭叭的鬧
鐘功能，母雞們扳
回一城。

隔天，公雞先生又跑來找大麥町醫生……

「大麥町醫生，您實在太神了！上次，我裝扭蛋時，順便請您開藥治我『睡眠不足黑眼圈』的毛病，您說什麼都不肯開藥。還勸我『藥能不吃就不吃』……」

公雞先生感激涕零的說：「我當時還以為您是醫術不夠好，不然就是診所沒備藥。想不到，您竟然讓母雞們早上搶著叭叭叭的替我工作，讓我不必天沒亮就起床，可以好好睡覺睡到飽——睡眠不足黑眼圈的症狀，自然而然不吃藥就治好。」

Z Z Z

「睡眠不足就該去睡回籠覺，何必為了一點小事就吃藥！」大麥町醫生語重心長的說：「一邊要求清晨吹起床號，一邊需要好好睡一覺，你們各取所需，我則一舉兩得，一下子把雙方的病都治好，這樣的結局實在太美妙！」

病歷表
病患 母雞小姐(們)
傷病名稱 好勝、愛比較
症狀 公雞有的我們也要有
幻想有雞冠、華麗尾巴、響亮歌喉
處方箋 雞冠花一把、孔雀尾羽一把、
二手樂器行的小喇叭數支
複診狀況 公雞有的母雞都有了，還成了森林裡最有用的「鬧鐘」

病歷表
病患 公雞先生
傷病名稱 睡眠不足
症狀 疲倦、黑眼圈
處方箋 醫好母雞小姐（們）的病
就是公雞先生最好的藥
複診狀況 天天睡到自然醒，精神百倍，
神清氣爽

閱讀123